سوپ روز شنبه مادربزرگ

's Saturday Soup

Written by Sally Fraser

Illustrated by Derek Brazell

Farsi translation by Anwar Soltani

صبح روز دوشنبه مامان مرا زود از خواب بیدار کرد.

"بلند شو می می، برای مدرسه رفتن لباس بپوش."

من، کاملاً خواب آلود و خسته از تختخواب بیرون آمدم و پرده‌ها را کنار زدم.

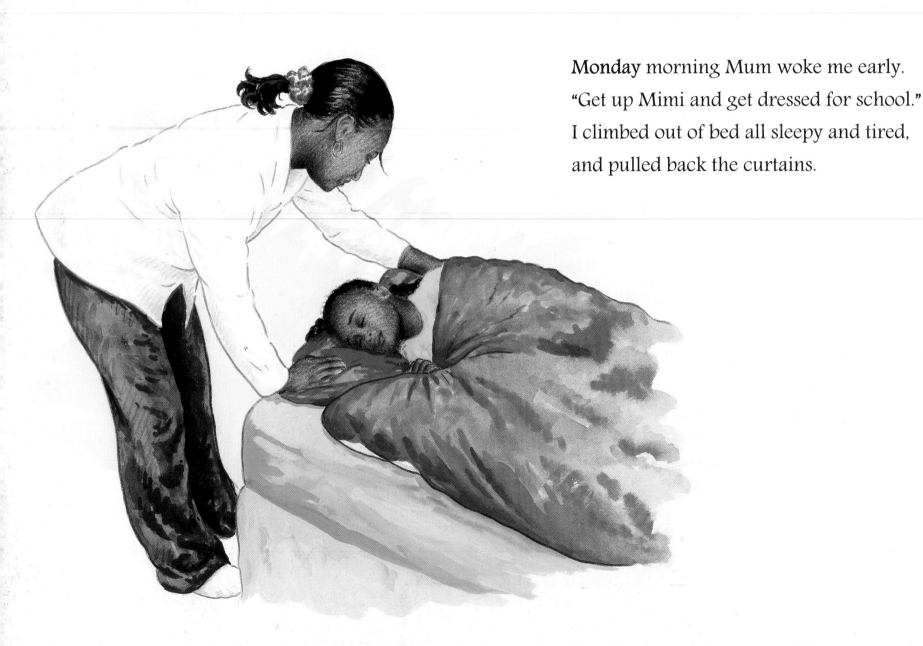

Monday morning Mum woke me early.
"Get up Mimi and get dressed for school."
I climbed out of bed all sleepy and tired,
and pulled back the curtains.

صبح، ابری و سرد بود.

ابرهای آسمان سفید و پنبه‌ای بودند.

آنها مرا یاد کوفته‌های سوپ روز شنبهٔ مادربزرگ می‌انداختند.

The morning was cloudy and cold.

The clouds in the sky were white and fluffy.

They reminded me of the dumplings in Grandma's Saturday Soup.

وقتی به خانهٔ مادربزرگ میروم او قصه‌هائی در مورد جامائیکا برایم تعریف میکند.

Grandma tells me stories about Jamaica when I go to her house.

"در جامائیکا ابرها باران بیشتری می بارند.
انگار کسی در آسمان شیر آب را باز کرده است.
بادهای ملایمِ گرم ابرها را حرکت میدهند و آفتاب دوباره بیرون میآید."

"The clouds in Jamaica bring the heaviest rain.
It's like someone has turned the tap on in the sky.
The warm breeze moves them on and the sun comes out again."

صبح روز سه‌شنبه بابا مرا به مدرسه برد.

روز سرد و یخ زده‌ای بود؛ شب پیش برف باریده بود.

Tuesday morning Dad took me to school.

The day was cold and crisp; it had snowed in the night.

برف سفید و لطیف بود و به بریده‌های سیب زمینی شیرین می مانست.
درست مثل سیب زمینی شیرین توی سوپ روز شنبه مادربزرگ.

It's white and smooth and looked like the inside of a sliced yam.
Just like the yam in Grandma's Saturday Soup.

مادربزرگ میگوید ماسهٔ سفید پودر مانندِ ساحل،
شبیه برف سفید است اما بهیچ وجه سرد نیست.

Grandma tells me that the white powdery sand on the beaches looks
like fresh snow but it's never cold.

من نمیدانم آیا میتوانم با ماسه‌های سفید آدم ماسه‌ای درست کنم؟
آیا خنده‌دار نخواهد بود؟

I wonder if I could make a sandman with the white sand?
Wouldn't that be funny?!

روز چهارشنبه برف بیشتری بارید.
هوا سرد بود ولی من خودم را خوب پوشانده بودم.
وقتی به خانه مادربزرگ میروم او داستانهائی در مورد
جامائیکا برایم تعریف میکند.

Wednesday the snow fell harder. It was cold but I was wrapped up warm.
Grandma tells me stories about Jamaica when I go to her house.

”آفتاب هر روز میدرخشد و پوستت را گرم میکند.
تنها لازم است شورت یا تی شرتت را بپوشی.“
هر روز گرم باشد؟ شورت و تی شرت؟ من که نمیتوانم باور کنم.

"The sun shines every day. The sun is warm on your skin
and you only need to wear your shorts and a T-shirt."
Warm every day? Shorts and T-shirt? I can't believe that.

بعد از ظهر موقع زنگ تفریح گلوله برفی درست کردیم و بطرف همدیگر پرتاب کردیم.

At afternoon play we made snowballs
and threw them at each other.

The snowballs remind me of the round soft potatoes in Grandma's Saturday Soup.

گلوله برفی مرا یاد سیب زمینیهای گردِ نرم در سوپ روز شنبه مادربزرگ می اندازند.

روز پنجشنبه بعد از مدرسه با دوستم لیلا و مادرش به کتابخانه رفتیم.

On **Thursday** I went to the library
after school with my friend Layla
and her Mum.

ما هنگام ردشدن از پارک، پیازهای کوچک گل را دیدیم که در حال سبزشدن بودند. جوانه‌های سبز کوچک سر از برف درآورده بودند. آنها شبیه پیازچه‌های داخل سوپ مادربزرگ بودند.

As we passed the park we saw the little bulbs starting to grow. The little green shoots poked through the snow. They looked like the spring onions in Grandma's Saturday Soup.

Grandma tells me about the wonderful plants and flowers in Jamaica.

"In Jamaica the most beautiful flowers grow wild.

They are all different colours and sizes

and their smell fills the air."

I've never seen flowers like that before,

I wonder if she's only joking?

مادربزرگ برایم از گل و گیاهان جالب جامائیکا تعریف میکند.

"در جامائیکا زیباترین گلها خودرو هستند.

رنگ و اندازه‌های آنها مختلف است و بویشان فضا را پر میکند."

من هرگز چنین گلهائی ندیده‌ام. آیا مادربزرگ شوخی میکند؟

روز جمعه است، مامان و بابا دیر کرده‌اند سرِ کار بروند.

"زود باش میمی. یک میوه انتخاب کن باخودت بمدرسه ببری."

On **Friday** Mum and Dad are late for work.

"Hurry Mimi, choose a piece of fruit to take to school."

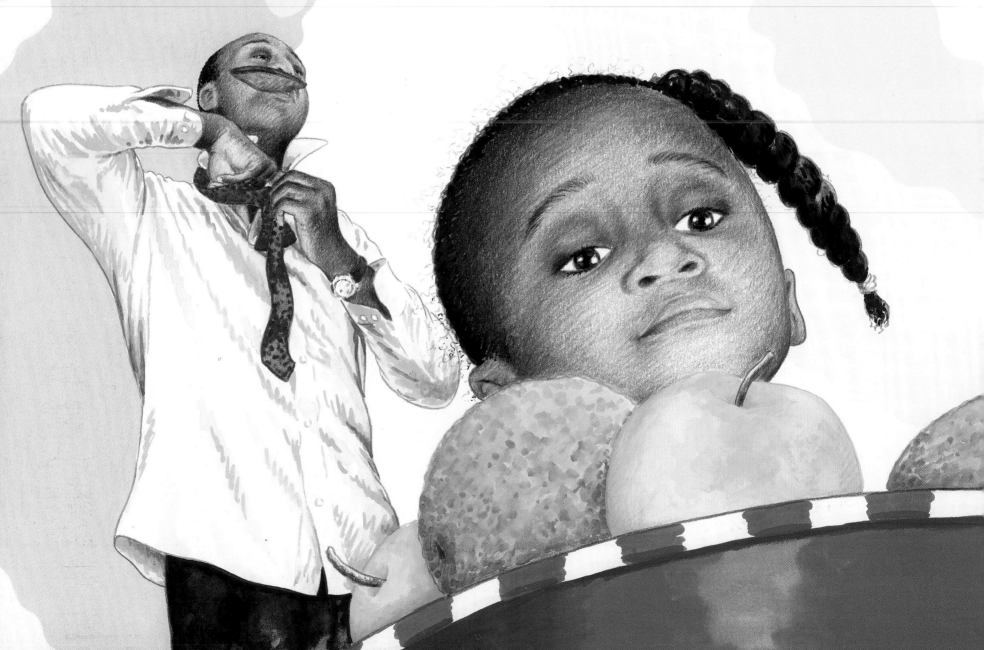

به ظرف پر از میوه نگاه کردم.
آیا باید یک پرتقال، سیب یا گلابی انتخاب کنم؟
رنگ سیب و گلابی مرا یاد "چو-چو" ی داخل
سوپ روز شنبه مادربزرگ میاندازد.

I looked at the bowl full of fruit.
Should I choose an orange, an apple or a pear?
The apple and pear; their colour and shape remind me
of the cho-cho in Grandma's Saturday Soup.

مادربزرگ راجع به میوه‌های جامائیکا برایم تعریف میکند.

"در جامائیکا میتوانی در راهِ رفتن به مدرسه میوه‌ای از درخت بچینی،

یک منگوی رسیده، کاملاً آبدار و شیرین."

Grandma tells me about the fruits in Jamaica.

"In Jamaica you can walk to school and pick a piece of fruit

from a tree, a ripe mango all juicy and sweet."

بعد از مدرسه، مامان و بابا بعنوان پاداش برای نمره‌های خوبم، مرا به سینما بردند.

وقتی آنجا رسیدیم آفتاب میتابید، ولی هنوز سرد بود.

فکر میکنم فصل بهار دارد میرسد.

After school, as a treat for good marks, Mum and Dad took me to the cinema.

When we got there the sun was shining, but it was still cold.

I think springtime is coming.

فیلم عالی بود و وقتی بیرون آمدیم آفتاب داشت روی شهر غروب میکرد.
آفتاب در حال غروب، بزرگ و نارنجی رنگ بود درست مانند کدوحلوائی سوپ روز شنبه مادربزرگ.

The film was great and when we came out the sun was setting over the town.
As it set it was big and orange just like the pumpkin in Grandma's Saturday Soup.

مادربزرگ در مورد طلوع و غروب آفتاب در جامائیکا برایم تعریف میکند.

"آفتاب صبح زود بیرون میآید و بشما احساسی خوش میدهد و برای کار روزانه آماده میکند."

Grandma tells me about the sunrise and sunsets in Jamaica.

"The sun rises early and makes you feel good and ready for your day."

"وقتی آفتاب غروب میکند و ماه بیرون میآید، میلیونها ستاره همراه آن هستند که مانند الماس در آسمان شبانه چشمک میزنند."

یک میلیون ستاره، من حتی نمیتوانم آنهمه ستاره را در خیالم بگنجانم.

"When it sets and the moon comes out she is followed by a million stars that look like diamonds twinkling in the night sky."

A million stars, I can't even imagine that many.

صبح روز شنبه به کلاس رقص رفتم.
موسیقی آرام و غمگین بود.

Saturday morning I went to my
dance class.
The music was slow and sad.

مادربزرگ برایم از ریتمهای موسیقی "کالیپو" و طبلهای فلزی میگوید،
از مردمی که آنهارا در سایه درختی می نوازند. درخت جالبی که برگهایِ دراز شبیه
به خطهای روی پوست موز سبز دارد.
" این موسیقی به شما شادی می بخشد و بهرقص میاندازد. "

Grandma tells me about the rhythms of calypso music and steel drums,
of people playing under the shade of a tree. A wonderful tree with
long leaves that look like the strands of skin from a green banana.
"The music makes you happy and want to dance."

مامان بعد از کلاس رقص مرا برداشت. با ماشین رفتیم. از خیابانها پائین آمدیم
و از کنار مدرسه‌ام رد شدیم. به پارک که رسیدیم سمت چپ پیچیدیم و از کتابخانه
گذشتیم. از وسط شهر رفتیم، آنهم سینما، دیگر چیزی نمانده است برسیم.

Mum picked me up after class. We went by car.
We drove down the road and past my school. We turned left at the park and on past the
library. Through the town, there's the cinema and not much further now.

من گرسنه بودم، براستی گرسنه. بالاخره به خانه مادربزرگ رسیدیم.

I was hungry. Really hungry. At last we arrived at Grandma's.

من بطرف در ورودی دویدم و توانستم بوی خوبی بشنوم.
بوی موز سبز، چو-چو و سیب زمینی شیرین، کوفته،
سیب زمینی و کدوحلوائی...

I ran to the front door and could smell a delicious smell.
It's green bananas, cho-cho and yams, dumplings, potato,
and pumpkin...

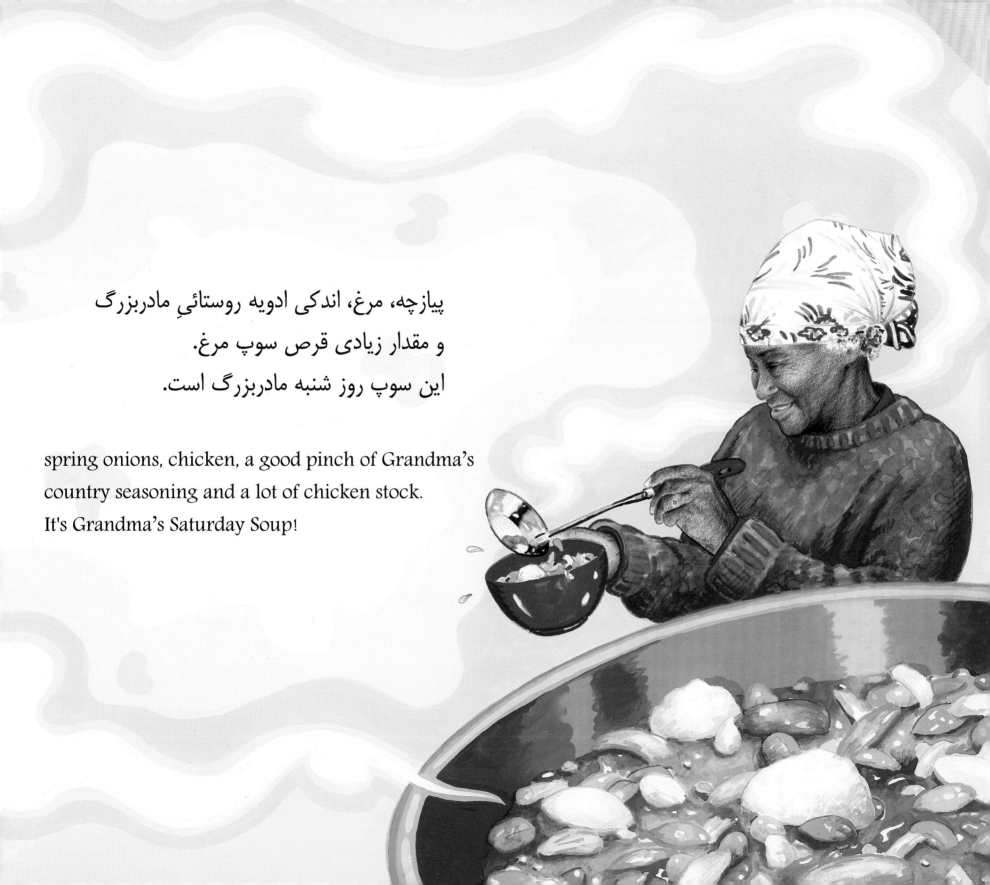

پیازچه، مرغ، اندکی ادویه روستائیِ مادربزرگ
و مقدار زیادی قرص سوپ مرغ.
این سوپ روز شنبه مادربزرگ است.

spring onions, chicken, a good pinch of Grandma's
country seasoning and a lot of chicken stock.
It's Grandma's Saturday Soup!

روز یکشنبه دوستانمان برای شام به منزل ما آمدند.
مامان و بابا آشپزهای خوبی هستند، غذایشان خوب است اما غذای مورد علاقۀ من
در همۀ این دنیای پهناور، سوپ روز شنبۀ مادربزرگ است.

On **Sunday** we had friends at our house for dinner.
Mum and Dad are good cooks, their food is nice but my favourite
food in the whole wide world is **Grandma's Saturday Soup**.

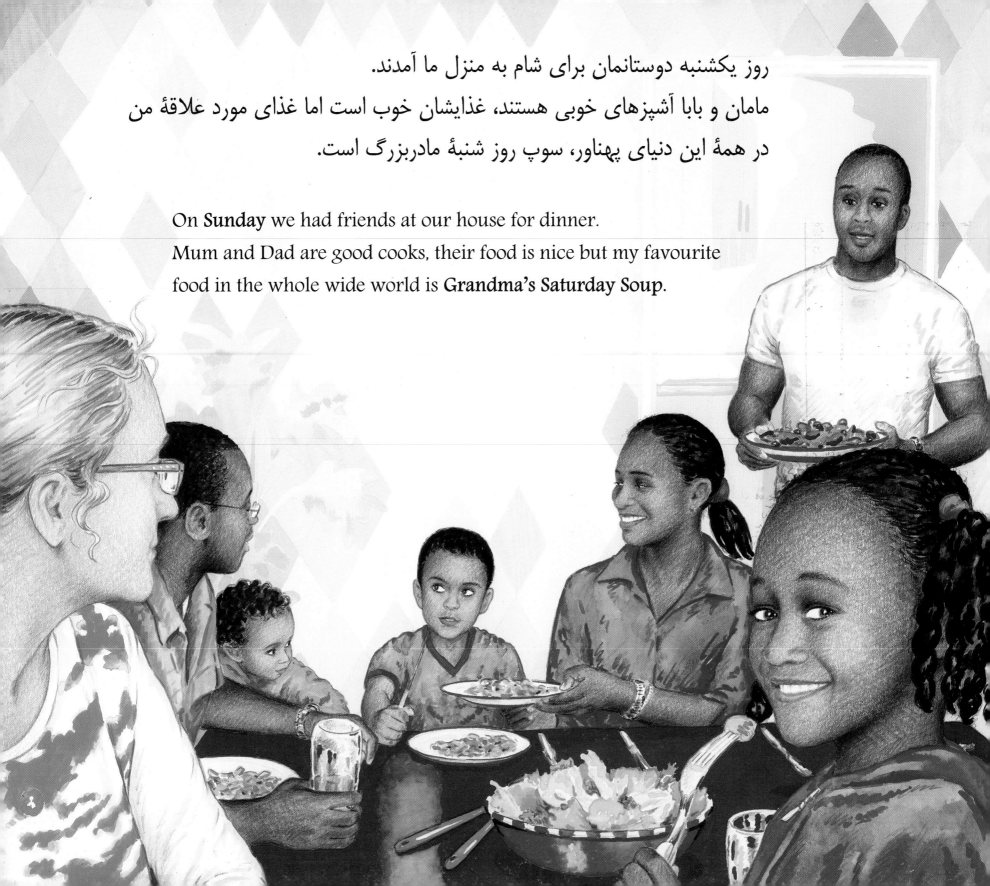